La visite de grand-papa

DeMar Regier

Illustrations de Liza Woodruff

Texte français de Claude Cossette

Éditions
■SCHOLASTIC

Catalogage avant publication de Bibliothèque et Archives Canada

Regier, DeMar, 1928-
La visite de grand-papa / DeMar Regier;
illustrations de Liza Woodruff;
texte français de Claude Cossette.

(Je veux lire)
Traduction de : What time is it?
Public cible : Pour les 3-6 ans.

ISBN 978-0-545-99194-0

I. Woodruff, Liza II. Cossette, Claude III. Titre. IV. Collection.

PZ23.R443Vi 2008   j813'.6   C2008-903092-3

Édition publiée par les Éditions Scholastic, 604, rue King Ouest, Toronto (Ontario) M5V 1E1.

5 4 3 2 1   Imprimé au Canada   08 09 10 11 12

Note à l'intention des parents et des enseignants

Dès que l'enfant sait reconnaître les 50 mots utilisés
pour raconter cette histoire, il peut lire le livre en entier.
Ces 50 mots apparaissent tout au long de l'histoire pour que
les jeunes lecteurs puissent facilement les retrouver
et comprendre leur signification.

a	deux	je	reste
à	devant	là	téléphoné
arrive	dit	loin	trois
arriver	en	ma	un
aujourd'hui	est	maintenant	une
balai	fleurs	maison	va
besoin	grand-papa	maman	vadrouille
bientôt	habite	me	vais
ce	hâte	nous	venir
chambre	heure	papa	voir
cinq	heures	pas	visiter
cueillir	il	ranger	voiture
des	j'ai		

Grand-papa a téléphoné!

Qu'est-ce qu'il a dit?

Grand-papa va venir nous visiter!

Il va venir aujourd'hui!

Il arrive à cinq heures.

Il va venir en voiture.

Il est maintenant une heure.

Grand-papa n'habite pas loin!

Maman a besoin d'une vadrouille.

Papa a besoin d'un balai.

Il est maintenant deux heures.

Je vais ranger ma chambre.

Il est maintenant trois heures.

Je vais cueillir des fleurs.

Grand-papa va bientôt arriver!

Il me reste une heure!

Il est maintenant cinq heures.

J'ai hâte qu'il arrive!

Grand-papa est là!

Il est devant la maison!

JE VEUX LIRE